名流詩叢 37

白茉莉日誌

Diaries of White Jasmines

Anthology of Contemporary Tunisian Poetry

——突尼西亞當代詩選

我會攀越
你堅固的宮殿高牆，
我會闖入聳立的塔樓，
我會在你心扉
設置新門環
這樣你就可以聽到
沉默的隆隆聲。

〔突尼西亞〕柯迪佳‧嘉德霍姆（Khédija Gadhoum）◎編

李魁賢（Lee Kuei-shien）◎譯

獻給突尼西亞
自由之詩，自由之聲

To Tunisia,
A free verse, a free voice

編者柯迪佳·嘉德霍姆（右）與譯者李魁賢（左）於2017年9月22日，攝
於淡水馬偕紀念館前。

序言
Foreword

赫迪‧柏拉歐威（Hédi Bouraoui）作
李魁賢譯

　　首先，要感謝柯迪佳‧嘉德霍姆，成功匯集20位
突尼西亞詩人（三分之二男性，三分之一女性），使
用不同語言，尤其是用法語、達里賈語（Dérija，馬格
里布地區阿拉伯語或突尼斯方言）、古典阿拉伯語，
和西班牙語書寫。詩選編輯從多種語言文本，譯成優
秀英語，最後由李魁賢博士翻譯成台灣普通話。

　　這些突尼西亞詩人出生於突尼西亞不同地區，
就教育和訓練，以及詩創作和技巧觀點而言，背景非
常多元。詩選按照姓氏字母排序，所選詩作之前有各
自簡介。誠然，每位詩人成詩，都從最多樣化的美學
語型、形式和個人抒情性，到社會政治行動主義（女
權主義和愛國主義悲情）；從對自然或環境的描述，
到哲學思辨。總之，所有詩人都有功於獨特的創作風
格，可稱為「創作文化」，即男女與其生活環境之間
的互動。在這框架內，特定國家能夠創造本身的文化
價值，與鄰國有所區別，並有助於建立自己的身分認

同。意外發現，這些詩人大都是教育家、新聞工作者、文字或媒體從業男女，而且專研社會科學、商業和／或「營銷」。

　　突尼西亞自古以來，就一直處於文化交匯的十字路口，所有人種、民族、語言和宗教，都在此混同雜處。非洲（突尼西亞）長期以來被視為開放且具備接納性的國家，賦有大陸之母的名稱。早期，迦太基與羅馬之間的軍事戰爭，使突尼西亞文化遺產一直享有特別盛譽，這兩個敵對帝國為地中海主權（東西方文明的發源地）爭霸。如今，世界已經非常熟悉迦太基漢尼拔將軍（Hannibal Barca）的盛名，他以大象軍團橫越阿爾卑斯山區，目標在擊敗羅馬。不幸，他在義大利南部坎尼地方（Canne della Bataglia）第二次布匿戰爭中敗北，該地豎有雕像，表彰他的膽量、勇敢，尤其是他的明智軍事策略（受到拿破崙讚賞），迄今仍是美國西點軍校的教材。

　　要認清的重要事實是：突尼西亞在1956年脫離法國獨立後，總統哈比卜‧布爾吉巴（Habib Bourguiba）

主要致力於全體國民的公共教育，和男女的自由平
等。因此，2011年突尼西亞青年和知識分子，針對繼
任的總統本‧阿里（Zine El Abidine Ben Ali）獨裁政
權，發動「茉莉花革命」的抵抗運動，加以推翻。結
果，突尼西亞成為世稱「阿拉伯之春」廣布政治改革
的發源地。

　　當然很讚賞本詩選所冠書名。我一向主張「詩是
任何語言的精髓」。的確，這本詩選中的詩作也不例
外。閱讀時，會明晰想像突尼西亞生命力和活力，是
詩人靈感和寫作的核心基礎。他們的詩無疑將通過基
本的芬芳茉莉花／突尼西亞國花和象徵，幫助讀者心
靈和感覺敏銳。

突尼西亞，我的茉莉花呀
Oh, Tunisia, my *machmoum*!

李魁賢

茉莉花束夾在我耳上，以清香
向我耳語突尼西亞，柏柏人熱情的原鄉
我無緣親見原始簡樸的岩洞穴居
沿地中海邊綠洲帶，熱夏的涼爽風聲
聲聲迴響腓尼基人建立迦太基的熱情
城堡抵禦不住羅馬人雄壯跨海而來的英武
即使漢尼拔名將最終只有在流亡中嘆息
兩軍彼此以砲火對話，以旗幟招搖
以鮮血互相塗染成顏色一致的屍體
迦太基留下馬賽克永恆的拼貼藝術
羅馬帝國遺址是斷柱殘壁廢墟

茉莉花束夾在我耳邊唏噓
千年歷史種族糾葛萬語也難盡吧
阿拉伯人接踵渡海帶來可蘭經
以深透內心的信仰滋潤沙漠的荒蕪
歷代王朝恩怨起伏有時是宮廷血腥劇

帝國嬗遞更是翻天覆地洗牌
綿延漫長中有淘汰的苦難、有創造的喜悅
人民有時流離失所、有時大量移入定住
動亂成為民族攪拌器，混合出共同的基因
近代引來法蘭西伸手插花又接枝
沙漠之狐也強行侵入捲起滿天沙塵暴
就這樣引導突尼西亞進入20世紀

突尼西亞，我的茉莉花呀
正當台灣陷在白色恐怖歷史羅網中
擺脫殖民地的呼聲發自突尼西亞人民內心
國土台地陣容整齊浩大的橄欖樹以翠綠武裝
捍衛現代突尼西亞天空的獨立與自由
忠貞於季節的鸛鳥沿高速公路
獨立在高壓輸電線高桿頂築巢放哨
獨立，啊！美麗的辭彙喚醒自主的欲求
如今藍白二色建築風景呈現生活的獨立色彩
與地中海輝煌藍天白雲的自由意志相映

茉莉花以玉蘭花的清香吸引我
不辭千里萬里來探訪人類非洲故里
跋涉地理回溯歷史變動風潮
在迦太基故址重建的羅馬古城廢墟
登上巴拉特女神殿振臂高呼
「同胞們，我全心奉獻給突尼西亞！」
地中海沉默給自己聽，蔚藍給自己看
不管海上波浪洶湧或在安靜睡眠
茉莉花束夾在我耳上，受地中海微風撫慰
在我耳邊迴響：啊！突尼西亞
是呀！獨立，是呀！獨立，是呀！
以清香留住永恆美麗的記憶
遠隔重洋傳播回到我的台灣祖國

2018.07.21

目次

塔哈爾・貝克禮
Tahar Bekri

　　塔哈爾・貝克禮（Tahar Bekri），用法語和阿拉伯語寫作，1976年後住在巴黎，已出版三十多本書（詩集、筆記本、散文集、選集和藝術書籍），詩譯成多種語言，包括英文、俄文、西班牙文、義大利文和土耳其文。國際評論認為他是馬格里布地區和法語國家最具影響力的聲音之一。現任巴黎南泰爾大學（Université Paris Nanterre）名譽副教授，目前執教於巴黎第十大學。多產作家，著作豐富。包括《而如果必死的音樂》（*Si la musi-que doit mourir,* 2006）、《紀念冊》（*Le Livre du souvenir,* 2007）、《紀念尤努斯・埃姆雷》（*Au souvenir de Yunus Emre,* 2012）、《巴勒斯坦詩選》（*Poésie de Palestine:* anthologie,

2013）、《悲悼阿拉伯之春》（*Mûrier triste dans le printemps arabe,* 2016）、《樹讓我冷靜下來》（*Les arbres m'apaisent,* 2017）、《沙漠黃昏》（*Désert au crepuscule,* 2018）。

阿富汗
Afghanistan

如果音樂到尾聲
如果愛情是撒旦的作業
如果你的身體是監獄
如果你知道如何揮舞皮鞭
如果你的心是鬍子
如果你的真相是面紗
如果你的老調是子彈
如果你的歌是弔詞
如果你的獵鷹是烏鴉
如果你的長相是髒兄弟

你怎麼能在藏身處愛太陽？

如果你的天空討厭風箏
如果你的土壤是雷區
如果你的風有濃濃粉末
而不是花粉
如果你的桑樹是絞刑架

如果你的門是彈幕
如果你的床是水溝
如果你的房子是棺材
如果你的河流溢血
如果你的雪是墓地

你怎麼能愛上河水？

如果你的山脈俯首
屈辱又謙卑
是不公不義城堡的靠山
剖腹見硬石
如果你的山谷不燃起夢想
像西風裡的玫瑰
如果你的黏土遭受踩躪
不是為了蓋學校
像花中的杏樹
如果你的蘆葦不是筆

你怎麼能光明生活？

如果你的勞力是給稻草人種籽
給罌粟花的怯懦隱藏處
如果你的馬被眼罩所奴役
藐視長笛在空中飛行
如果你的山谷吐出藍寶石
給軍閥
如果女性的辮子是繩索
如果你的體育館是屠宰場
如果你的路徑隱而不見
如果你的夜晚是星星的墳墓

你怎麼能保證月亮？

如果成吉思汗是你的主人
如果你的孩子是帖木兒後代
如果你的臉無五官

如果你的劍是劊子手
如果你的史詩是廢墟和禿鷲
如果世界所有的雨都無法洗淨你的食指
如果你的慾望是枯木
如果你的火是灰燼
如果你的火焰是煙
如果你的激情是手榴彈和大砲

你怎麼能在窗口招喚鴿子？

如果你的村莊是營房
不是燕巢
如果你的房子是洞窟
如果你的來源是海市蜃樓
如果你的服裝是裹屍布
如果死亡是你的陵墓
如果你的古蘭經是頭巾
如果你的禱告是戰爭

如果你的天堂是地獄
如果你的心靈是黑暗的獄卒

你怎麼能愛春天？

共和廣場
The Republic Square

我陪冬天散步
像光禿禿的樹一樣滿頭大汗
我不確定夜是否從我眼皮
重重垂下來
或是我的步伐在興奮中顫抖
幽暗鋪路石板如此荒廢
把我釘在昏昏沉沉的塵土

終於柏油路被這黑色雪橇滑過
那坦克輾過我的報春花
討厭的禱告破壞陵墓
這是他們的勾鼻禿鷹他們的鬼爪

我沒有臉散步
在廢墟中強裝笑容
盲目遮蔽住我的視線
這麼多子彈把墨水拭乾
埋葬你的愛人

遠離光線黯淡的城市
披著裹屍布的天堂使者
河流的敵人
沙石的強姦犯

失眠夜我漫步
在波斯刺客頭頂上
與昨日水螅結盟的蛇
喉嚨裡有成千上萬的結
山谷下方有地獄洞穴
餘燼混雜殘灰悶燒

我陪你兄弟姐妹漫步
輕踩地球
被生者侮辱卻受死者餵養

這些在你筆下毫不模糊
就像陽光

在用自由之歌加冕的

我手上頂端閃亮

一戰再戰
From War to War

在遠離這麼多河流無法灌注的沙漠
海很難理解所有這些水來自何方

孤零的翅膀可能都是海鷗需要
用來和緩被海浪和沙燙傷

嚴冬暴政下紛紛掉落的
這一切樹葉無法阻止鳥棲息

在樹枝上自由不馴的
鳥鳴飽餐雪和陽光

那麼為什麼地球會在瓦礫下
呻吟和哭訴被雷掌摑

這麼多夜晚被閃電撕裂
報春花被地獄鐵靴賤踏

我將為你重建礦脈、樹林、血液
與光明的季節

越過邊界越過城牆
如果你發抖就會全部攪起我灰塵

我們怎麼能在鱷魚流淚中
用泥巴鬆餅餵孩子

影像數字面上沒有號碼
驕傲河馬層疊在泥中顛沛

在你島上，我仍然保有綠橙憤怒
所有這些缺陷都在風隙中

在連字符號的張開裂縫
為我長出新芽靠近所有墓地

赫迪 · 柏拉歐威
Hédi Bouraoui

　　赫迪 · 柏拉歐威（Hédi Bouraoui），留學法國獲圖盧茲大學（Université de Toulouse）文憑，留學美國獲印第安納大學英美文學碩士，和康乃爾大學傳奇小說研究博士學位。在加拿大多倫多約克大學教書和寫作，擔任名譽教授。在約克大學擔任過多項行政職位，包括斯通學院（Stong College）院長和法國研究會主席。為加拿大皇家學會（F.R.S.C.；Académie des Lettres et des Sciences Humaines）會員、學術棕櫚葉勳章理事（Officier dans l'Ordre des Palmes Académiques），在斯通學院創設多元文化課程，2002年成立加拿大地中海研究中心（CMC）。在法語文學，特別是北非文化和文學方面，舉辦多次關於創作

／評論的國際會議。著有20餘本詩集、多部小說和散文集，以及法語區（包括加拿大安大略省、北非、撒哈拉沙漠以南非洲地區、加勒比海地區）文學評論集。2003年獲加拿大薩德伯里市勞倫森（Laurentian）大學授予榮譽博士，表彰他「對國內外知名人士的創造性和批判性著作」。目前是斯通學院／法國研究會駐校作家，2018年7月1日獲頒加拿大勳章。

無題
Untitled

我選擇在文字中討生活
在未知的字母核心
群鳥唱歌處
在五大洲四方角落
自古即沉默

合適的語言把我帶到
超越我火爆身體的極其神祕境界

我的名字隨著大拇指小湯姆長大
申請跨國簽證時變成障礙

人必定是神經病才會愚蠢到不懂
唾液毫無用處

迦太基
Carthage

羅馬城市迦太基對抗

羅馬大震撼

聽到你的名字

迦太基呀，被圍困

在飢餓邊緣

你被洗劫、焚燒、詛咒

永遠

在你的土地播種滋養的鹽分

最可愛的轉換之花

聖奧古斯丁沉迷於拉丁文

遇到哈桑·伊本·諾曼[*1]

後者勝利建立

伊斯蘭教居所時

迦太基呀，勝利就是失敗

留下希望阻止海上主人回來

　　那些拜占庭人

溺死在他們的禿鷹
　　飢餓中

迦太基呀，你知道如何鼓舞
勇氣
使你的大膽舞蹈
在懊惱面前
巧妙強化萬惡
加入過世的馬西尼薩[*2]尖叫聲
「把非洲還給非洲人」
由「永恆的朱古達[*3]」重新演繹
你見證多種族的肉體腐爛
用血和骨頭黏合
你大柱的驕傲，迄今已放低

迦太基呀
我遠遠見證你歷史上的

山海邊界

只見無頭的胸部突出

我見證黏土飼入

石頭間

只有一縷陽光穿透

你無戰事的

心

　　　和平出聲可是……

迦太基呀，我被遺忘的紐約

埋藏權力中的權力

　　　　　　　　設想……

帝國州[*4]……總督府西11號

尤提卡和曼哈頓在廢墟中

白宮蒙上黃塵

只有一線痕跡……貧窮的

土壤因異化成長驕傲

開始走調

只剩下永恆的客人
在歷史的高坡上
擁抱唯一光景
僅僅顯露門窗的
突尼西亞藍色
　　　　　　佔據
牆壁耀眼的純白
溶解掉石灰和空間
迦太基呀，只留下你的名字
只有行駛貨車的標誌
穿越美國

迦太基呀，只剩下你的威望
只有聯合國教科文組織的計畫
在矯正祕史的
憤怒天空中
戲弄雲

*1 哈桑・伊本・諾曼（Hassan-ibn
　Noâman），馬格里布（Maghreb）州
　長。於698年迦太基戰役中戰勝，佔領
　拜占庭城市迦太基。
*2 馬西尼薩（Massinissa），努米底
　亞（Numidia）首任國王，在扎馬
　（Zama）之戰中幫助西庇阿（Scipio）
　擊敗漢尼拔，統一努米底亞。
*3 朱古達（Jugurtha），努米底亞國王，
　馬西尼薩之孫。
*4 帝國州，為紐約州的暱稱。

作家
The Writer

在我幼稚的皮膚裡
　　我導航⋯⋯賦予生命的人體
划向言辭節奏
　　抓住其心靈

我扮演天使來引誘野獸

世界地圖戲弄我的手
許多不眠之夜弄黑掉這些頁面！
綠色景觀出生，被判死亡

聖賢書尋求實踐
誰能掌握其復活？

我寫作是為睜眼看我的心靈⋯⋯
其他⋯⋯無常的宇宙⋯⋯
因為愛的點滴以無言條碼
　　讓整體變形

雷拉·查悌
Leila Chatti

　　雷拉·查悌（Leila Chatti），突尼西亞裔美國詩人，著作有小詩集《退潮》（*Ebb*, 2018），和牛市（Bull City）出版社編輯精選《突尼西亞美國人》（*Tunsiya / Amrikiya*, 2017）。榮獲錫屋作家工作坊（Tin House Writers' Workshop）、佛洛斯特故居（The Frost Place）和基韋斯特文學研討會（Key West Literary Seminar）獎學金，芭芭拉·德明（Barbara Deming）紀念基金會和海倫·吳麗澤（Helene Wurlitzer）基金會獎助金，以及普羅溫斯鎮美術工作中心、威斯康辛州創意寫作研究所和克利夫蘭州立大學助學金，是克利夫蘭州立大學首位Anisfield-Wolf出版和寫作研究員。詩作獲得《犁頭》（*Plowshares*）新進作家競

賽獎、《敘事》（*Narrative*）30歲以下青年競賽獎、
Gregory O'Donoghue國際詩獎和美國詩人學院獎等。
2017年首位入選布魯內爾（Brunel）國際非洲詩獎的
北非詩人。現為《*Raleigh Review*》詩編輯顧問，作
品在《犁頭》、《錫屋》、《美國詩評論》、《維吉
尼亞季刊評論》、《凱尼恩網上評論》，和其他地方
發表。

穆斯林少女時代
Muslim Girlhood

我未發現自己處在粉紅色通道。沒有給我
光亮玻璃紙般加熱的盒子，使用六種語言的
精巧指示小包。晚上，我看電視當做信仰平淡的
宗教。我觀察其他人如何生活，不知道
我卻是他者，在我客廳裡沒有笑聲，不乾脆不準時
決心等待。我參加珍妮和威廉有許多蘋果的
試驗，但從來沒有一位朋友名叫柯迪佳。我齋戒
度過生日派對和聖誕派對，在塑膠餐桌上
吃剩料的塔吉鍋，從傷疤般薄片挑選義大利辣香腸
盡量不要抱怨。我在錯誤時間禱告，講錯話。
我愛吃果凍和星爆牌軟糖，以及人造奶油，可以念
甘油一酸酯和甘油二酸酯五遍，知道明膠意思，
來自何處。
當我想要好玩時，例如去雲杉點遊樂園或穿睡衣
聊通宵，
會快語說「隨意」，就像「本週末喬丹可睡過頭
嗎，隨意吧？」
偷窺父親，當做他是神。有時，我以為

父親真是神，我非常愛他。而新聞卻以為
這是不可能的事，穆斯林女孩怎麼會愛父親。
但他們怎能瞭解我的心，或是父親怎會
開車五十英里去給我買像芭比的娃娃
因為她看起來像我，有頭巾下面的棕色短髮、
不招搖的胸部、足夠帶著她隨心所欲到遠方去的
平足嗎？
在我的遊戲器中，她愛旅行、沒有結婚，嗜讀雜書
她那細小堅硬的手指可以繞圈。我給她命名阿米拉
因為這像我姊姊的名字，雖然我認為她的名字
原本應該是莎拉，那懶洋洋的尾音阿就像這樣，
抱歉，她從來就不是這樣的。

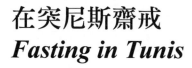

在突尼斯齋戒
Fasting in Tunis

我們說，渴望，因為慾望充滿
無盡的距離。

　　　　　　——羅伯・哈斯

神教導我
飢餓是禮物，使餐
變甜。我整天沒有進食
因為我知道最後
我會吃得滿足。如此一來，
我的慾望還可以忍受。

我忍耐這一天
正如我已忍耐過多少年月
沒有你的全般感情。
你的慾望是能夠休息。
我睜大眼睛，度過
顫抖的熱量，
等待餵食。

太陽把天空燒穿
一個洞，我忍耐。
海洋吃沙
吃了又吃，還是餓。
我觀看那大藍舌，知道
你在另一邊。

哪一個重要：身體間的
距離還是需求？

中午打呵欠，胃口空空——
還要等很久喔
直到月亮來服侍，端出白盤。
你在遠方，還在睡覺；
晨光還沒有溜進你的床鋪，
夢是如此浩瀚而孤獨。

曾經，很久以前，
我碰過你，
我會再碰你──
你的嘴是一首歌
記得，你的嘴
我吸的糖。

當我告訴父親，我會再開始禱告
When I tell my father I might begin to pray again

他說他從未真正停止
對神說話。說在他的DNA中，
事事求神指示。

他在床前跪拜21年，我們
這些孩子在他後面排列
把額頭誠心誠意壓在地上。

我不記得上次
雙手緊握胸前一本正經
仰慕神，

但父親記得正確日期——
七年前聖誕節，最後的星期五禱告，
然後他出走進入茫茫

雪地。啊，誰會相信！如果
我血液裡有地圖，那是我折疊
保存的，深怕

找不到要去的地方。神呀，
我很壞想要
跟祢

說話——不是為了求助或證明
我的善良，而是要再度
在我的生命中，

感到祢存在，無可否認
在這仍然不可思議的黑暗中
就像父親的手對我一樣。

拉嘉・切碧
Raja Chebbi

　　拉嘉・切碧（Raja Chebbi），突尼西亞詩人、小說家、翻譯家。畢業於法國蒙彼利埃大學生命和地球學系，以及突尼斯大學營養學系。2016年晉升為突尼西亞國家安全一級警察總長，是突尼西亞和阿拉伯世界歷來女性最高階。出版數本詩集，包括《理性的錯誤》（*Les torts de la raison*, 1998）、《支持和反對》（*En Vers et Contre Toi*, 2016）、《諾瓦拉》（*Nowara*, 即將出版）。用法文寫小說《突尼西亞自由，我也是》（*La Tunisie est libre, moi non plus*, 即將出版）。將突尼西亞知識分子岳塞夫・希迪克（Youssef Siddiq）的法文評論《未完成的革命》（*La révolution inachevée*）譯成阿拉伯文；同樣把突尼斯作

家拉嘉・本・莎拉馬（Raja Ben Salama）突尼西亞國家傳統研究所博士論文《熱情與寫作》（*La passion et l'écriture*），從阿拉伯文譯成法文。2016年被推選在瑞士日內瓦國際書展用阿拉伯語和法語朗誦詩，2016年和2017年應邀在巴黎翻譯和閱讀〈悼念〉，是突尼西亞革命時期多產的突尼西亞詩人歐列德・阿美德（Ouled Ahmed）詩作。2016年擔任迦太基音樂節比賽評審。編譯國際詩選集《愛的面貌》（*Faces of Love*）。榮獲突尼斯婦女事務部和民間社會組織的許多獎項和榮譽。參加過突尼西亞、中東、法國、比利時和瑞士舉辦的若干阿拉伯語和法語詩歌節。

勇敢的人民呀
O My Brave People

偉大的人民呀

勇敢的人民呀

你們喚醒整個世界

讓大家高興

你們引起他們興奮

使人人驚訝

像地球被踐踏

像不屈服的火山

像雷鳴轟然

在遠方地平線

你們成群到外面哀號

咆哮如獅子

打斷所有笑聲

願意追求生命意志

驅逐暴君

經過長期耐性

在子彈射擊

倒下的英雄後

你們追求救世之道

是的

你們很傑出

有一天

偉大的人民呀

你們在此

像悲慘的身體

因疫病

毒

病菌

慢慢腐壞

你們的主權在等死

可憐的人民呀

受到持刀的人和

士兵殺人犯的壓制

你們以強大韌性

在此培育

沉默和懶散

你們以絕對狂亂

在此授權

他人隱埋地雷

在你們自己的綠地

沒有抬起

任何非難的手指

你們在此准許

天空揮舞

奇異的黑色旗幟

你們在此容許

他人屠殺我們的孩子

把悲劇注入我們生活裡

其他男人正在努力

搶位置

無人留意

母親的眼淚

又悲傷又絕望

在祕密哭泣

可憐的人民呀
勇敢的人民呀
你們喚醒整個世界
然後你們又沉沉入睡。

花
A Flower

烈士：

花長在我的墓上

向你們提醒

被壓制的聲音

喚起久遠的歲月

風捲起希望

憶起許多名字

亞辛、蘇格拉底和薩米

每位烈士奉獻生命

終結剝削壓迫

花長在我的墓上

向你們提醒我的鬥爭和死亡

向你們提醒我和我的耐性

你們奪取我的權利和聲音

你們忘掉我直到新聞爆發

於今你們似乎佔住位置

享用我的沉默

你們全然忘掉我但我沒有忘記

今天我的兇手是暴徒

霸佔我的祖國吃喝玩樂

還在計劃暗殺

繼續活在山區受到保護

為什麼他稱呼我魔鬼

說話傷害我

還要判我死刑

在屠殺我之前先驗血

然後持劍伏擊我

我和他一樣是穆斯林

用他的武器殺我和朋友

在我路上埋地雷

我不得不在風中過夜

好讓他睡得舒服

他出賣我害我的孩子變成孤兒

我的國家突尼西亞呀，奉神的聖名

我將繼續為你們犧牲我的血液

從我的墳墓繼續為你們辯護

而我是甘願的烈士
不庇護任何叛徒
不原諒那些使我流血的人
不讓我的孩子和母親餓死
綠地呀！我保護你，我愛你
我把青春送給你作禮物
我犧牲我的血和你的旗幟
用自由灌溉你的土地
你的孩子都已武裝成強大的
士兵、警察和護衛
不怕威脅
他們會保護你直到最後一口氣
烈士會為你犧牲生命
我們會為你而死，無人會傷害你
叛徒隱身在你的孩子當中
有些人會榮耀你的名
少數人會利用神的意志
有一天人民會明白

原先行為如叛徒

背棄鄰居和家庭的人

不會遇到朋友或戀人

出賣靈魂給魔鬼

恐怖主義沒有宗教信仰

叛徒不屬於任何故鄉

甚至神、雙親或墳墓

突尼西亞：

別為任何事憂煩

兒子還活在我心中

殺你背叛你的人

即使活千年

永遠得不到平安

烈士呀，用你的智慧信任我們

心靈以什麼方式交換

為了親愛的祖國

和自由旗幟

領主會保護我免於死亡

我的人民有男有女
塑造民族保護國境
儘管時機艱困和局限
我所有苦難都會遺忘
如果你拋棄過我
終將被神究責
真正的突尼西亞人善良慈悲
入侵者使他們變成兇暴
親愛的同胞們請冷靜安心
神在天上說你都可獲得安息
而你的祖國將永遠被史書描寫
叛徒將無容身之地

沙漠玫瑰
The Sand Rose

這是玫瑰與風的
美麗愛情故事
不知道發生在哪裡
但我知道很久啦
像空氣一樣自由的風
歡欣鼓舞
風靡全世界
穿越田野
飛舞不需韻律或道理
不理會邊界
帶著夢幻般笑容
迷上可愛花朵
和美麗玫瑰
陷入情網
風承諾萬事
卻從未記住承諾
他向雛菊、紫丁香
和紫羅蘭求愛

迅即加以連根拔起

什麼都擋不住他

諂媚的話

在他身邊飛舞

經過諸多誓言

以及引誘承諾後

他還在流浪

沒有留下地址

擺脫勾纏和放蕩

直到可愛的早晨

當玫瑰的優雅

在他的眼下綻放

那甜美新鮮

在所有花卉當中

使他情不自禁

他從未見過

如此真誠

感覺心

跳得很厲害
這種感情
到這時才知道
他苦苦搖晃
以致流淚
他愛上
甜蜜溫柔的造物
天性如此煥發
經過多年後
他決定居住在
這位甜心旁
如此迷惘心虛
但風
只是風
總是在運動不停
從未放下行囊
永遠深情款款
情真意切

風很快忘掉花

只留一兩天

就離去

對花承諾很快回來

一星期後

才回來尋找他的女王

但是已經沒有蹤影

取代位置的玫瑰

供認她已離開

他深度悲傷

引起雷雨

颱風和龍捲風

瘋狂吹了又吹

吹到病倒

且滿心絕望

又苦又怒

不幸某天晚上他決定

留在大沙漠裡

逃避且埋葬他悲慘的日子

並隱藏他的偉大愛情

撒哈拉沙漠及其沙丘

從遠遠聽到回音

來自荒野熱風

分享悲傷

朝遙遠國度

揭露他的不幸

為他悲傷的故事哭泣

種籽開始成億上兆飛行

在沙塵暴期間

一陣心碎可憐的風

種籽一直在迴旋打轉

同情心於焉成型

不料他的麥唐娜剪影

臨風

從石英變成他心愛玫瑰的

金色花瓣

風依然沉默
遇到情人
大喜
甜蜜不朽
晶瑩閃閃發光
不再想念荊棘
不再無常
彼此不再分離
多麼
令人困惑和愉快
華麗沙漠玫瑰就此誕生。

拉德希亞・切海碧
Radhia Chehaibi

　　拉德希亞・切海碧（Radhia Chehaibi），突尼西亞詩人和小說家。出版阿拉伯文詩集《從我的沉默所洩露》（*What Leaked From My Silence,* 2006）、《旅行讚美詩》（*Traveling Hymns,* 2008）、《心靈數位途徑》（*Digital Path of the Soul,* 2010）和《迷失的心靈》（*Lost Souls,* 2015）。詩集《咖啡》（*Coffee*）義大利文本，榮獲羅馬國際譯詩獎（2013年），英文本在英國由English House Moment出版（2014年）。詩譯成多種語言，尤其是義大利文、法文和英文。編劇《商羯羅的故事》（*The Story of Shankarar,* 2016）。參加突尼西亞國內外多次文學活動和詩歌節，特別是埃及、摩洛哥、敘利亞、黎巴嫩、阿爾及利亞和利比

亞。2017年起在蘇塞文化沙龍創辦並策劃詩歌論壇
「24小時詩滿貫」。

騷擾
Harassment

我小時候
騷擾我的那位酋長*
被判刑入獄
但他的手沒有被扣
仍然自由
弄污我的身體

....

我小時候
騷擾我的那位酋長
為他的罪行懺悔
但他的手並沒有悔改
仍然還在
惹惱我的身體

....

我小時候
騷擾我的那位酋長
死啦……
但他的手未死

還活著
折磨我的身體

....

* 酋長：阿拉伯部落領袖，村莊或家族
頭頭。

身為貧民
On Being Pauper

我的校友

堅持

要我穿哥哥的鞋

我堅持

穿起來很緊

我穿那雙鞋走路看似合腳

確定是我的

卻痛得要命

我試圖忍耐以保持平衡

確定是我的

形狀確實是男鞋沒錯

但我沒穿

在我心中隱含小女人的鞋

終於變成我的

我的朋友

當我從醫院回來沒有腳啦

她說

我恨你兄弟的鞋，因為使你截肢

我遭殃
因為她確知我說謊

孤單
Alone

寒冷的房間裡

喧鬧的聚會

紅通通的夜晚

窗簾和牆壁同色

還有我的臉

以及燈罩

笑鬧笑鬧笑鬧

我的房間夜夜氾濫豔紅

所以我可以住在紅夜

所以窗戶不醒，門也不暫時

　　　　　　　　恐慌……

我打開衣櫃

擴充舞池

展示我的衣服喜歡跳舞

在這些紅夜裡

廉價配件的盒內

我的項鍊混雜在裡面……

還以為和他的襯衫鈕扣纏在一起

歌后黛莉達在YouTube上大叫「我病啦」

傳入信息的聲音提醒我

還是有可能在臉書上和朋友們聚會

像我這樣睡眠也被剝奪啦

所以他們打開窗戶聊天

我抬頭看

不知道天花板是否滿意高高在上

如果是可以依靠的牆壁該如何

如果是早上打開的窗戶該如何

牆壁如何對待我專注的眼神

牆壁如何對待我沿牆邊跳舞的遐想

如果我變成陰影被吸引該如何

單純保持陰影

或者懸掛在枝形吊燈向上盪高

以便折磨床

黛莉達一直堅持「我病啦」

我也病啦

我的房間是無醫生的醫院

一切看來都瘋啦
我只要關掉YouTube、臉書和燈
把夜晚回歸黑暗
我抬眼望向空無的空間
數羊數到……入睡

穆罕默德・多顧威
Mohamed Doggui

　　穆罕默德・多顧威（Mohamed Doggui），西
班牙語詩人和小說家、突尼斯方言諷刺作家。西班
牙作家協會會員（Asociación Colegial de Escritores
de España - ACE），著有小說《阿里捷替：太陽
逃命者》（*Alizeti: la fugitiva del Sol*，2013），和
短篇小說集《馬馬度和西語動詞》（*Mamadú y los
verbos españoles*，2010），獲第二屆國際海峽故事
（Cuentos del Estrecho）獎。出版4本詩集：《在萊
萬特和波尼恩特之間》（*Entre Levante y Poniente*，
由Julio Mesanza寫序，2006）、《音節上的笑容》
（*La sonrisa silábica*，由Manuel Gahete Jurado寫序，
2016）、《揮霍黑色》（*Derroche de azabache*，由José

Antonio Santano寫序，2017）和《心不在焉的共鳴》
（*Resonancias de ausencias*，由Francisco Morales Loma
寫序，2018）。以《春季花卉遊戲》（*Juegos Florales
de Primavera*），獲2013年徵詩比賽榮譽獎。另外，
出版兩本突尼西亞方言諷刺詩集《*Khalti Khadhra*，
2017》和《*Khalti Khadhra 2*，2018》。創作之外，為
突尼西亞大學和西班牙突尼西亞塞萬提斯學院的西班
牙語教授，另兼突尼西亞國際廣播電台（RTCI）的西
班牙語語言節目主持人。

進為保養，流淚而出
In for Maintenance, Out in Tears

她的肚子在醫生面前剖開，
太冒失的機會主義者，
以前為她的硬脾氣而爭
如今正在找獅子分享香腸。

選自《*Khalti Khadhra*》

大提琴
Cello

我深心熱情
攜帶妳
瓶子帶著訊文
隨海浪浮沉。

選自《揮霍黑色》

抱怨
Complaint

她告訴我很討厭
寒霜的雕像，
就好像雪
在抱怨寒冷。

選自《心不在焉的共鳴》

歐法 · 菲洛 · 德麗得
Olfa Philo Drid

　　歐法 · 菲洛 · 德麗得（Olfa Philo Drid），突尼西亞介入作家和詩人，寫詩動機在為被壓迫蹂躪人民深藏內心的情感和恐懼症發聲，以揭開和暴露隱藏在社會上視為禁忌或可恥的真理。致力於抵抗對「弱勢」和無力者不公不義、邊緣化、恐嚇、物化、征服和暴力。詩獲選入多種國際詩選，在美國、英國、加拿大、印度、中國、菲律賓、阿爾巴尼亞、烏茲別克、塞爾維亞、比利時、伊拉克、義大利等國，各種網路和文學刊物發表作品。詩譯成阿拉伯文、塞爾維亞文、華文、阿爾巴尼亞文、西班牙文、羅馬尼亞文、阿薩姆文、孟加拉文和尼泊爾文。參加過若干國際詩歌節活動，主要如土耳其Kibatek節（2017年）

和聯合國教科文組織舉辦的世界詩日（2018年）。迄今已出版劇本《莊嚴報復》（*Sublime Revenge*）、詩集《（未）入獄》（*(Un) jailed*）和《超越（表）面》（*Beyond the (sur) face*）。部分詩與突尼西亞畫家Nebiha Felah藝展《夢影》，聯合展出。另有詩選，由義大利歌唱家Fabio Martoglio演唱。除創作外，是專研美國文學的大學教授。

愛情魔力
lovE spellS

當妳的眼皮拒絕向
夜晚國王鞠躬，稍微休息
妳再也不知道為何？如何？
妳的色情夢鏈接和編譯
那麼……
妳現在已被愛情魔力牽制
而妳的頭腦已　經　故　障

當情人的臉色
使妳虛弱的身體發燒
妳的心跳開始追逐
樂觀的生活，妳是織布工
那麼……
妳現在已被愛情魔力牽制
而妳的頭腦已　經　故　障

當妳的生命擺錘故障
不再從北向南

在妳情人頭上加冕
在他／她眼前來回走動
那麼……
妳現在已被愛情魔力牽制
而妳的頭腦已　經　故　障

當聽到愛人講電話聲音
妳開始全身發抖
他的話回聲開始震顫
一切事都為他／她拖延了
那麼……
妳現在已被愛情魔力牽制
而妳的頭腦已　經　故　障

當妳健康卻又感到病懨懨
在他缺席時，心和靈都會痛
在妳的記憶中，他／她在玩「捉迷藏」

而妳的熱情感覺在動搖
那麼……
妳現在已被愛情魔力牽制
而妳的頭腦已　經　故　障

當在場卻心不在焉
對別人的談話，妳充耳不聞
夢見「奇蹟」，可是看不見
妳未來的窩和家庭廚師
那麼……
妳現在已被愛情魔力牽制
而妳的頭腦已　經　故　障

當妳所有力氣都在
他／她懷裡落空，像蠟燭熔化
在融合中，開始永生
時空不再讓人感覺

那麼……
妳從地球的邊緣被踢開
妳已被金星維納斯撿到啦……

磁性女人
Magnetic Woman

磁性女人
走在街上
左顧右盼，
振作起精神，
阻止交通流量
為她心跳
有人展覽名車
要讓她開，
另外有人展示
財力和古堡，
還有人不禁為她唱讚美歌，
其他人脫下褲子
引誘她的期望值上升！

但她對他們視而不見，
他們感到被看輕且滿耳
侮辱、冒瀆而又
猥褻的話……

厭惡他們習性難改的熱情
他們可怕的企圖不當，
走在路上
她昂首
偷笑他們
「狗屎」！

奇怪的是
那些所謂「傲慢」獅子脆弱到
一看見她就變成羔羊，
那些家貓
突然搖身一變
成為豺狼
而那些吠犬
渴望吃她的「肉」……

她知道有能力
把牠們踩在腳下，

只是同情那些
既無靈性又無智慧的
純然「傀儡」……

若他們感受到
動人心弦的鑽石
擁在她胸前，
他們會為
那光芒目眩而
恢復理性和洞識嗎，
他們會羞於
在瑣碎交易中
不涉鑽石，
羞於沒有能力
擊中目標，
羞於把自己貶低
成野獸……

時間浩劫
Time Ravages

在黎明與黃昏中途
時間來敲我心扉
吹著麝香的緩緩微風
薰香我污臭內心

以心懷勇敢的「我」應答：
為何你會後悔死亡
讓我觸及七重天？
低頭鞠躬屏住呼吸
高高揚起我的心靈

時間呀，剛剛過去
不需要停車道歉！
不是因為你命中注定
為詩留出空間，
我不會去學如何
超脫消沉
並且準備再度
綻放……

華立德・阿美德・費爾濟濟
Walid Ahmed Ferchichi

　　華立德・阿美德・費爾濟濟（Walid Ahmed Ferchichi），突尼西亞記者、詩人、短篇小說作家和翻譯家。2006年獲管理學和商業管理營銷碩士學位，2009年獲通訊與資訊研究碩士學位。2016～2018年擔任*Achara'a Al Magharibi*報編輯顧問，2016年迄今*Al Watan Al Jadid*網站編輯部經理，幾家突尼西亞電視台和廣播電台的常客和政治分析家，也是*Al Hayat*，*Al Araby Al Jadid*，*Al Arab*，*Al Jadid*等阿拉伯文報章雜紙的記者。出版兩本詩集《我單獨升天》（*Lonely as I Ascend to The Sky*, 2013）和《我沒活夠》（*I Was Not Alive Enough,* 2014），以及兩部短篇小說集《赤裸的故事》（*Naked Stories*, 2016）和《這位男人》

（*The Man Whom......*, 2017）。政治論文編成評論集
《有時突尼西亞人》（*Sometimes Tunisians*, 2015）。
著名翻譯作品，包括陶非克（Taoufik Ben Brick）的
《強盜》（2016年）、亨利・詹姆斯的《死者祭壇》
（2017年）、吉恩・德雷（JeanTeulé）的《自殺商
店》（2017年）、鮑希斯・維昂（Boris Vian）的《我
啐你的墳墓》（2018年）、艾力克・埃馬紐埃爾・
史密特（Eric Emmanuel Schmitt）的《超出臉可見的
人》（2018年），和陶非克的傳記《鯨魚的微笑》
（2019年）。榮獲許多獎項，包括2001年全國Nefla
Dh'hab短篇小說獎、2014年國際迦太基詩獎、2016年
Al Shariqu'ah短篇小說獎，2017年入圍突尼西亞全國書
展短篇小說獎、2019年《超出臉可見的人》獲Sadok
Mazigh翻譯獎。

我們相見是為離開
We met to part

我們相見像全然陌生人，
沒有約會，
在錯誤的地方，
在錯誤的時間，
我們意外邂逅不夠痛苦
在那邊海上辨識我們碎散的屍體
在最後的路途上
眼淚潸潸的路途上
像全然陌生人
我們堅守近乎悲傷的愛情
獨自
害怕而不知所措，不過是
脆弱的故事在殺手瘋狂中吞下時間
讓我們時間不足以
渴望兩片嘴唇
一起填補此間隙
妳說：告訴我需要知道的任何事
你仍然駐留在我心裡

你我要在此到死才分手
我說：我真正愛妳，但我已變成過去的影子
我變成自己的陷阱，並拘束到妳的精神
妳說：我是你的，幫我為你保持現狀，
孩子呀，如此急於譴責我們倆！
我說：這不值得吧，因為我無法
真正踩在我屍體上行走
妳說：怎麼回事，當詩和水習於團結我們
你忘掉我們晚上的叫囂儀式？
我說：我忘啦……我忘啦……周圍
除了渴望最後離開的身體
全身可怕的恐怖外，什麼也沒有
妳說：我愛你
我說：我已力竭。我的病無藥可治。
妳說：誰說的？有一天你會從妄想中痊癒
你會安心休息。
我說：我與涉及陰影的事實無關
當我最後倒睡在蠕蟲大腿上並且能夠

有意在不知名的地方溶化
就別管我吧。
妳說：我拒絕不把你當作詩人和朋友
我愛你，我的悲傷呀
誰會現在告訴我
我本身是為悲痛和死亡備妥的詩
我說：我缺席是要帶我踏上玻璃之旅
所以由別人發動的圍攻最終會崩潰瓦解
我在這裡愈來愈累。
此次告別對我無增加分毫！
妳說：你死時，我也會死。我愛你。
我說：愛是什麼？
妳說：愛是這樣啦。躺在我身邊，讓我飲盡你的
悲傷，
詩人呀，讓我們一起擁抱我們的苦難
忘掉撒在我們傷口的秋天鹽分，
我說：我需要「古蘭經」幫我從海收回哭聲。
如今我是海及其認知詐欺的人質

真的愛妳但忘掉如何趨近妳，

我忘啦，可悲呀！

妳說：真正愛嗎？你忘了吧？

我對那些聲稱有一天我會寬恕我內心冷漠的人，

感到震驚，

我可以告訴我的孩子真相嗎？

我說：可以！

妳說：你必須深思你血腥的明天

以日增恐懼培養我們現況

我說：我相信狼絕對遵守慾望的本能。

天空有許多場合讓我失望，所以別讓我失望

就離去

妳說：你這種本能直覺簡直是瘋狂

現在去把你的明天拿來，讓我們來劈開吧！

我說：妳可以展示珍惜過的最性感眼鏡，

覆蓋我的生命，然後帶走我這副異教徒身體的其

餘部分

到海邊去……離開！

不再飢餓
No more hunger

這裡是故事的秋天
你給我石頭
毫不漠視我正在
傷心陷入無情痛苦中
我由彼處而來
二度誕生
心情陰鬱沉重
木訥的男人
很擔心我為愛死活
「大理石的愛情是風
以精神超越死亡是這位陌生人
在每一剎那阻礙為他的悲傷見證」。
我向生活在開始潰爛體內的一對鴿子招認
並且如一滴水珠消失在這項詢問：
為什麼我們愛在夜晚理應瘋狂時，
做長長無聊的夢？
為什麼我們愛在這些淚水寫下困境時？
為什麼我們會死在愛情已在敲受害者的門，

於黑暗中哀悼他們最後的傷口？
孩子是否能回應鴿子咕咕聲
並閱讀大理石板岩
而他的童年精神
是逼使他心跳停止
直到他確定兼得愛和輕視？
在這裡火迷宮當中
沒有對我有意義的事
我與攸關女性的古代文本
和她們未說出口的缺陷無關
我不在乎帶有我名字的種籽
如今我與塑造我的大理石無關
身為尋求詩意離開的不朽逃亡者
我很少遇到要向膚淺的人供認我的祕密：
離開與我是同夥
不會在小徑上投降和受傷
我們就是這樣，

我們一起清除我們的愛
所以我們的故事是由浪漫烏托邦人瀕臨崩潰時寫下
在此故事的秋天裡對我沒有意義
餵哺太陽時，苦悶會相信我嗎
如果我對那些無意中站在我家門口的人說
你總是從我追逐的愛情中偷走我的故事，
身為孤兒在尋找雙親和其他事物
專注於鹽，
我流淚唱我的旋律
因為悲傷，擁抱自己
因為我珍惜長期被遺忘在塵埃中的痛苦
有一段記憶還在不定哀號中縈繞
像傷口一樣確定
這裡是故事的秋天
餵哺太陽時，苦悶會相信我嗎
如果我向好奇的路人透露我的屍體：
我已無意中在詢問裡單獨消失如一滴水珠

像小偷快速穿透雲層
俾不再回到我最後的不幸
成為不懂大理石儀式的詩人！

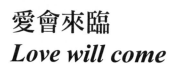

愛會來臨
Love will come

嗨，你暫留在你的屍體中，愛會來臨
你只要在真實的時刻喚起你的一生
並問：
那麼，你就是那位在追求中揮霍我痛苦的人嗎？
你就是那位挑戰我要消除塗銷地籍
又膽敢在我心臟他側吹熄為另一顆心慶生蠟燭的
人嗎？
你只會得到你所求，一旦愛情敲門，就會開始抹
消你的生命
如今你會知道愛情應該如何餵養詩人
如果上帝只能吐口水
眼睛不再為任何人哀悼
而你的核心不會在迷宮尾端動搖
因為你的心不會記錄沉睡在你心靈深處的空虛，
這種欺騙超過了你，
你會明瞭為此損失有多少，
你打開第一個善變、破碎、赤裸女人的門扉時，
黑暗隱蔽你的眼睛

你會懂得不能擁有的愛，除非你俯首在那碎片前
你會捫心自語：
該咒的是你，如果沒有女人在黑暗中舔你傷口
沒有女人用女性吼聲來閱讀你的苦難史
沒有女人播種荒地然後消失無蹤
愛會來臨。不要因為折磨而屈服
你，在他被刺殺的屍體上瞬時即逝
愛會來臨
而你只需在詩前俯首即可

亞斯瑪・吉勞菲
Asmar Ghiloufi

　　亞斯瑪・吉勞菲（Asmar Ghiloufi），突尼西亞詩人、藝術家、設計師，突尼西亞蘇塞高等藝術學院研究者，教授藝術和設計理論，發表有關現代藝術實踐和禁忌《雜音或真實作品的滿溢》（*Le Buzz ou le débordement de l'œuvre authentique*）的學者，並評論研究美學和藝術表現形式和理解《組織性精神分裂症的實態和控制》（*Lavirtualité et les commandes d'une schizophrénie organisée*）。身為設計師，藝術創作靈感來自人類環境的物質功能，以及文化和社會中介的進化美學。參加過17個集體和個人藝術展，從2013年突尼西亞國家圖書館畫廊《繪畫寫作》（*Écriture peinture*），到2018年Art'Com概念店《風千變萬化》

（*Fantasmagories*, 2018）。就範圍和內容言，其詩被譽為具有親切性、地方性和本土性。第一部法語詩集《罌粟》（*Coquelicot,* 2018）在突尼斯出版。

描繪
Drawing

曾經

你的話

順著墨水滴落

在我床單上

描繪我

愛

給我

理由

我就在

天天

光亮中

書寫陰影

我為奉獻

起草

大綱

以免遺忘

你的句子

往後保持整理

我們的記憶
而且我在逃避
我們輕鬆招呼
全然意味著太陽
轉往他處
只有潔白的
天空
難以浸泡我們

右側優先
Priority to the right

我們會靜靜

回到

平凡夜晚

似乎早上的恐怖

沒有滿足我們

慢慢

我們將變得

稍稍沉默

微不足道的承諾

和微弱的失敗

我們會以搖晃的

碎步轉回

夢想的小徑

加以彌補

而看來不過是例行小事

會擁抱我們

在小小的溫柔懷裡

幾乎抱個滿懷

我們以微微笑容

以往昔童年的

簡略問候

被珍惜

微物在此

都值得活下去

時間滑脫我們側影

我們

小小頓悟

小小雕像

和微笑

通過我們的眼睛

光會繼續滑行

還有訓勉

我們唯一留下的事說不出口

牆把我們日日隔開

我們將夜夜拆解

我們會展示重大的死亡

遺忘在此介入
至於我們的小電視
我們完全滿意那不足道的連續劇
庸俗值得讚譽
換取卑微的報酬
身為外國人
突尼西亞大塊頭可算是
一位大藍領
或是罕見產物
會貶低我們歷史
至我們最本質精神
我們會後悔
稍微瘋狂
居高讚揚
變得蒼白的田野
和探究祖國的
蝸牛
那土地已被搗碎混拌

老舊的汗水
和年輕的血

精神分裂性躁狂
Schizomania

我把你塑成陰影的天堂

我在你的土地成長

這種漸漸散光的

落入陷阱的空洞心靈

帶走你的舊誓言

讓我在你的擁抱中入睡

拭掉我們眼中的冷漠感情

你那種不安的濛霧

讓我分心

像昂貴協議的妄想

那樣裸露而純潔

深藏入我的祈禱中

誰有我的聲音呢

你，而誰會吞嚥我的汗水

誰會擁有我的皮膚

你，會感受到我的痛苦

由我身上見到你自己

像花豔紅盛開

由你身上見到我自己

全身陷在恐懼中

因做夢才放鬆

我們，小小閃爍燈光

為永恆的旅行者

照亮夜晚

對看，你會擁有

遊手好閒的生命

對你，我會脫皮

被偉大回憶的酣眠

和小小的快樂

掠奪

呼吸喘不過氣

你，在地球上談愛

正好把我帶進鴻溝

揭開無常的幻想

當真空

堂堂進住

以我一半意志
把自己解放

艾門·哈伸
Aymen Hacen

　　艾門·哈伸（Aymen Hacen），詩人、散文家、評論家、翻譯家和文學專欄作家，突尼斯高等師範學校法語、文明和文學教授，主張教學和政治立場與寫作密不可分。已出版詩集有《萌芽與初熟》（*Bourgeons et prémices,* 1999）、《掌握在我手中》（*Dans le creux de ma main,* 2003）、《憂鬱時間初步》（*Alphabet de l'heure bleue,* 2005）、《恆星，左邊的男人所發現》（*Stellaire. Découverte de l'homme gauche,* 2006）、《默默行動》（*le silence la cécité,* 2009）、《與世界的凹面和其他極地的紀事聯合》（*Tunisité suivi de Chronique du sang calcigé et autres polèmes,* 2015，此書獲得2017年法國里昂市高中生

票選Kowalski獎），和《31種藍調》（*Trente-et-une nuances de bleu*, 2018）。其他文學和評論作品，包括小說、散文和小冊子，也將幾位法國詩人和作家的作品，從法文譯成阿拉伯文。是法國塞特生動地中海之聲（Voix Vives de Meditérranée de Sète）音樂節策劃委員。

新版血的婚禮*1
The New Blood Wedding
（聖痕）

1.

耶路撒冷的所多瑪
加薩的欣嫩谷
一切邪惡引人垂涎
應該用希望加以溶化

2.

寺廟拆除了
但商人是
始終變本加厲
三十不得不贖回

3.

本傑明唐納德伊凡卡這些都是騙子
禁倒垃圾暗殺掉禿鷲和拾荒者

他們會說你與骯髒為友之類的話
在你的土地上重罪是珍貴藝術

4.

血從眼睛上方的額頭流出
血從雙手流向大地
血從雙腳流向天空
血流出大地的紅色淚水

5.

縫線減損聖痕
沒有荊冠或鞭子
既非釘子也不是命運之矛
而是調味對人嘲弄命運

這麼多聖徒死亡卻沒有殉道
這麼多淚水在哭泣而沒有玻璃杯響
全地球在稱讚殺手
受害者在譴責死亡

這根本不是迦拿的婚禮[2]
聖痕是新版血的婚禮
如此芳香是麻痺
這些主要是純種的犧牲

[1] 《血的婚禮》是西班牙詩人洛爾卡1933
年的劇作。
[2] 迦拿的婚禮，典故出自《約翰福音》。

群島
Archipelago

我們之間，地峽正在擴展

文字一度沉默

有些叢林遮住你的臉龐

有些畫作掩飾你的容貌

我們之間，刺耳的沉默延續，文字一度消弭

緋紅岩石被風雨和海浪沖刷碎裂

香味在果實和果肉之間偷偷溜走之後不久

地峽一直在延伸直到遭遇阻礙

黎明時，我仍在找尋真義

在遙遠的海岸之間，天藍色歡迎生命力

氾濫的氛圍照顧一切聲音

文字就這樣誕生了

沉默在我當年的地峽中沒有地位

我的記憶慢慢產生高音的法寶歌詞

鳥鳴越洋而來

黎明時，我仍在找尋真義

《由煅燒血液和其他爭論的編年史所探求突尼西亞頌》加
爾東Gardonn, Fédérop出版社，2017。

無題
Untitled

「對我來說你並沒顯現彩虹的全部顏色只是火燒大地和暴風雨天空最不協調的色彩你為我發明其他顏色畏懼的顏色畏懼不是藍色愛情的顏色但不像各處和正巧在表面上的其他顏色那樣沉悶你教我語言耗盡全部文字的其他顏色並且詆毀語言的顏色你把嘴唇和你的皮膚全部創造成嫻熟和欣賞那些顏色全部知覺渴望呼吸且永不消滅的顏色你是我革命的戰士語法全部知覺的多彩革命從來沒有意味不信任而你的詩在此深耕的所有全部憤怒聲音不是我的詩而是我的讚美詩引起感官多彩的逸樂」

《由煅燒血液和其他爭論的編年史所探求突尼西亞頌》加爾東Gardonn, Fédérop出版社，2017。

阿瑪爾．柯莉芙
Amal Khlif

　　阿瑪爾．柯莉芙（Amal Khlif, 另名Amal Claudel），迦太基高等商業研究所（l'Institut des Hautes Études Commerciales de Carthage, IHEC）畢業，擔任社會科學研究員。從小熱愛詩，及長用阿拉伯語寫作，已出版兩本詩集，《針頭心》（*Cœur sur la tête d'une aiguille,* 2015）和《克萊門汀夫人日記》（*Le journal de Mme Clémentine,* 2017）。詩作勇敢挑戰質疑當代世界，描寫周圍女性生活經驗，其創作源自集體性「我們女人」說話主題，在男性象徵的秩序中，或暗或明表達對抗「他們」，通稱為「他者」。與女性朋友共同創立世界反對死刑聯盟（Chaml）社團，其中包括具有相同目標和寫作熱情的女性小組，倡

導不同的聲音，反抗父權制神話，建構「突尼西亞女
性」。

無題
Untitled

1.

母親按照想法造就我。
我在此：
抗拒她的眼淚。
她的哭喊不分場所。
她回憶持久
她絕望無聲
她關節疼痛
不，她自稱絕頂
完全放開慾望
高出屋頂三度
且為辭職深深祈禱。

2.

我肚子裡，帶著垂死胚胎
和衰退的情意夢想

內心已碎，遺留悲傷痛苦
我哭時頭腦裡有其他女人在哭
我知道她們的名字
我知道很多她們的作品。
這是什麼監獄把我們湊在一起！
這裡都是女人。
這就是我們力爭中的憤世之戰！

3.

母親呀，為什麼戰爭還沒結束？
為什麼妳傷心呻吟不靜一靜？
我不想去打仗！
我不想去打仗！
把燈關掉。
母親呀
我很想遇到不怕死的男人
他會給我帶來生命

不怕死的男人會愛不怕死的女人
兩人就會有新的開始。
是的，我能夠完全相信
巨木在喪氣中遇水會再萌芽。
為了所有絕情的男人
流入我眼中的所有淚水，
會使我內心的樹茂盛
花園會枯後再開花
母親呀……
等等，把門關了吧。

莫耶茲 · 馬傑德
Moëz Majed

　　莫耶茲 · 馬傑德（Moëz Majed），出生於突
尼斯，在知識分子和外交官家庭環境中長大。年輕
時，在家中見過薩里（Tayeb Salih）、嘎巴尼（Nizar
Qabbani）和勞阿悌（Ali Louati）等知名作家和詩
人。出版五本詩集，第一本詩集《影子……光》
（*L'ombre... La lumière,* 1997），第二本詩集《櫻花遐
想》（*Les reveries d'un cerisier en fleurs*, 2008）。第五
本詩集《對岸歌曲》（*Chants de l'Autre Rive, 2014*），
在法語讀者中確立地位。為《評論》（*Opinions*）
雜誌創刊編輯，另編輯阿拉伯文學評論雜誌《*Rihab
al Maarifa*》。自2013年起，擔任突尼西亞西迪布塞
（Sidi Bou Saïd）國際詩歌節主席。曾在突尼斯大學和

巴黎國家自然歷史博物館研究生命科學。在法國住過八年，現居住在突尼西亞。近年來，馬傑德在突尼西亞聲譽崛起，成為法語世界中最傑出詩人之一。其詩作形成跨越童年和青春期的空間和記憶的五個詩旅程較長序列部分。詩作微妙而強烈——在與記憶之旅對話中，一種詩意空間的協調，既簡明又率直。

度假酒店
Raoued

十月，在度假酒店
風勢增加時，
憂愁隨至。

我可在
度假酒店
再洗澡多少次？

第一場秋雨
還會來多少次？

晚間咖啡廳
Evening Café

這裡，在大榕樹下，
永恆陰影在嘆息
而風……
所有戀人中，最瘋狂。

一萬隻麻雀
在街上
展開夜袍。

不安
Disquiet

她驕傲
走過慾望……和嫉妒。

是虛榮
使她如此美麗嗎？

無名氏
隱身在古老小巷的
黑暗混亂中。

我會釋放
對你的氣味固執渴望的獵犬。

李迪哈・馬彌
Ridha Mami

　　李迪哈・馬彌（Ridha Mami），詩人、翻譯家、評論家，和學者，馬德里孔普魯騰塞大學（Universidad Complutense de Madrid）博士，專攻摩爾－阿爾米亞（Moorish-Aljamiado）文學，現任突尼斯馬努巴（Manouba）大學西班牙語文教授。發表文章和研究論文記錄豐碩，出版評論集《馬德里國家圖書館摩爾手稿9653：版本、語言學和詞彙》（*El manuscrito morisco 9653 de la Biblioteca Nacional de Madrid: Edición, estudio lingüístico y glosario,* 2002）、《摩爾詩人：德・羅哈斯・左里拉是一部有關穆罕默德喜劇的匿名作者》（*El poeta morisco: De Rojas Zorrilla al autor secreto de una comedia sobre Mahoma,* 2010），西阿雙語詩集《春

天的衛星》（*Lunas de primavera*, 2011）、《秋天的衛星》（*Lunas de otoño*, 2013）和《我的衛星》（*Mis lunas*, 2015）。何塞・瑪麗亞・帕斯・加戈（José María Paz Gago）詩集《與公主戀愛手冊》（*Manual para enamorar princesas*）阿拉伯文合譯者、阿布・卡西姆・謝比（Abul Qasim Chebbi）《精選詩集》西譯者（2016年）。學術研究和教學著重在西班牙文學、比較文學和西班牙語歷史。文章發表在各種文學期刊。為國際水文地質學家協會AIH（Asociación Internacional de Hispanistas）和國際符號學協會AIS（sociación Internacional de Semiótica）活躍會員及突尼斯聯絡人、突尼斯西班牙裔協會ATH（Asociación Tunecina de Hispanistas）會長、阿拉伯西班牙人協會AHA（Asociación de Hispanistas Árabes）會長、突尼西亞符號學研究協會ATES（Asociación Tunecina de Estudios Semióticos）副會長、文學雜誌《片段》（*Fragmenta*）副社長。榮獲Gustavo Adolfo Bécquer國際文學獎（2013年），以及馬德里書展Escriduende詩獎（2015年）。

轟然沉默
A Piercing Silence

我會攀越
你堅固的宮殿高牆，
我會闖入聳立的塔樓，
我會在你心扉
設置新門環
這樣你就可以聽到
沉默的隆隆聲。

憂傷詩筆記本
A Notebook for Blue Poems

我帶著你憂傷的
詩筆記本跑掉。
我迷失在詩篇
和你先前的影子裡。
迄今我不能確定
要堅持哪個字。
才無法避免，
有時會破壞我們聲音。

最後一瞬間
One Last Moment

那天下午她傷心跟我講
唐吉訶德歷險記
也告訴我迦太基的
美麗女王狄多的故事。
她朗讀我的埃涅阿斯紀詩篇
帶著甚大情意和溫柔；
她柔聲細語，向我解釋
洛爾卡的甜美遭遇。
最後，她要我思考
在衰敗中被剝光的廢墟。
我嘆氣，嗓子破啦
我立刻注意到
我們遺體
遠遠無法修復。
主啊，能延長我的結局嗎？
因為死前，
至少一瞬間，
我需要呼吸看海。

薩露娃・梅絲悌麗
Saloua Mestiri

　　薩露娃・梅絲悌麗（Saloua Mestiri），法語詩人和大學教授，專攻藝術科學和技術。2007年博士論文聚焦在以阿拉伯書法作為蘇菲主義表現。著作包括詩集《此岸……到彼岸》（*D'une rive... l'Autre,* 2012），分三輯：《水晶路面》（*Le Pavéde Cristal*）、《你涅槃的一部分》（*Une Part de ton Nirvana*）和《墨水瓶》（*L'Encrier Renversé*），以及《我會說出你的名字》（*Je te Nommerai,* 2017）。詩作獲得法蘭西學院華籍程抱一的高度肯定和讚揚。另外，學術成果出版《阿拉伯書法與詩：視覺相會》（*La Calligraphie Arabe et la Poésie: Une Rencontre dans le Visuel,* 2018）。現為《ICARE》雜誌編輯委員，在不同學術

場合發表科學論文。應邀參加過國際詩歌朗誦會。目
前，詩集正在譯成阿拉伯文。

你是
You who…

你是居住在
深嶺山中
和假期的寧靜裡

你的小屋
是沙丘的嘆息
和細雨濛霧

你是
水拌膠泥
微風拂動的灰髮

你是
靜靜遊行中
陷在雪下的蝴蝶

你是
討厭的陰霾
和顫抖筆桿的庇護所

彙集我的聲音。

被蕁麻糾纏
Entwined by the nettle...

我還記得未曾有過的事
被丟在小巷
棄置時鐘的旁邊

劇場滿是杏仁樹
根部陷入雲層，
枝上綁著紫丁香
在閃亮的南方星宿下

我還記得未曾有過的事
風景中石頭在跳舞
被蕁麻糾纏
其中柏樹
向雲層伸出

我還記得未曾有過的事
詩中菊花是
從天上掉下來的蠟燭
所點燃的火熱文字……

在我窗口諦聽的樹
The tree that listens to my window…

在我窗口諦聽的樹可作證
樹皮下庇護的東西
對風喃喃發牢騷
誰會真正
帶著遠離家
遠在厚重帷幕後
是本身彎垂扭曲不倦的祕密……

莫哈默德・納索爾・穆爾希
Mohamed Naceur Mouelhi

　　莫哈默德・納索爾・穆爾希（Mohamed Naceur Mouelhi），詩人、作家、記者。經常撰寫文化評論和文學書評，作品發表在《阿拉伯人》（*Al Arab*）報和《新城》（*Al Jadid*）文化雜誌，二者都在倫敦出版。得過國內外文學競賽獎項。參加突尼西亞和國外數次文學和詩聚會，例如在伊拉克舉辦的阿拉伯詩歌節。已出版兩本詩集《你會像萬物逝去》（*You Will Expire Like All Thing*, 2013）和《淹死者》（*The Ones Who Drowned*, 2019）。正在整理兩部手稿，即詩集《情人少些，情更深些》（*Fewer Darlings, Deeper Affection*），以及短篇小說集《每月慣例》（*A Monthly Habit*）。

二戰時的非洲人
Africans of the Second War

祖父與我單獨在田裡
他用手杖指著已經不在的
山嶺。
在那裡
六十年前
法國士兵把他兄弟
帶去打仗死掉。

在歐洲
非洲人是黑皮膚的囚犯
受傷胸部當前鋒
制服填塞骨頭
前排倒下才知道他們在哪裡
或者為什麼在那裡。

在歐洲
死亡把灰燼噴在兒童臉上
再壓碎他們頭骨

槍在呼嘯
戰爭發動機把星星吹散
屍體從戰壕和廢墟中揚起
在那邊，血腥戰爭變成花園
因為子彈留在祖父腿內
春天在面紗下完全黯然無光。

記錯
A Mistaken Memory

堅持到最後一塊水漂石
我的同伴們到處
從遠方擊打我的頭
把我耳朵藏在他們舌頭下面
笑時
我很難聽見他們笑聲。

我試圖記住他們
與他們為伴要記住自己。

我叫喊
喉嚨控制在怪手中
不是手
我的聲音似乎只是
把第一次謀殺
記錯成
新生羽毛掉在鹿皮上的
奇怪動作。

冬天橄欖樹
Olive Trees In Winter

隨著黎明在草地上衝闖
卡車滿載婦女
駛往橄欖園
在路上除了她們手指
幾乎看不見
路很滑
她們的頭在素色
頭巾內搖晃
城市在群山背後沉睡
村莊默默醒來
國家還很遠。

薩布理・拉孟尼
Sabri Rahmouni

　　薩布理・拉孟尼（Sabri Rahmouni），詩人、作家、評論家，經濟系畢業。目前在突尼西亞文化部就職。是青年文學協會發言人，榮獲許多文學獎項。堅持不懈倡導數位出版。著有三本詩集，大都是數位出版。作品在突尼西亞、阿拉伯和其他國際報章雜誌和期刊，例如《聖城》（*Al-Quds*）、《阿拉伯人》（*Al-Arabi*）和黎巴嫩《消息報》（*Al-Akhbar*）等發表，詩譯成法文、英文、西班牙文和阿馬齊格文，在美國和阿根廷的文學和文化雜誌發表。大量投稿於文化部落格網站和數位出版，被無邊界詩協會提名為當代100位最佳阿拉伯文詩人之一。2019年出版詩集《潛水員之書》（*Le livre de l'homme scaphandrier*）。

致敬
A Tribute to Mohamed Sghaier Ouled Ahmed

起初，我告訴你們，兄弟們呀
我製作的黏土屬於年輕後代
為我造型的水
從不凡的河流注入
而我的心靈是岩石間的黃玫瑰

如今告訴你們，兄弟們呀
年輕後代已經老啦
河流已乾涸
花卉已枯萎
但我被統治者親手鎮壓的文字
會奮力運動跳越界限
有如德國戰車
摧毀甘蔗田

哈比巴*
Habiba

偶然遇見哈比巴
在俄羅斯神祕書裡
像牝馬在勞動中漫步
露出頸下方的痣
會使梵蒂岡教皇掉下巴
·

作家告訴我，她是心碎寡婦
床上有廢井底盛開的
梨花香味留連不去
他沒說，她有氣喘病
我在紙上寫字時，聽到她咳嗽
·

我循她的足跡回到可怕村莊
在高加索深山內
她聽到雪在我腳下哭泣
一警覺就打開燈
我的歌聲引起她注意

「傷心小梨花呀，黑夜不但有人潛入，也有情
和歌」
於是，她的笑容穿透百葉窗
·

惡意作家停止片刻
帶我進入又暗又邪的森林
留下我心在岩石下邊絕望找尋她
我嚇壞，像野鹿頸部被繩套牢
逃離殺戮現場

      * 哈比巴（Habiba），阿拉伯語，意思是
       「心愛的」。

問題
A Question

問獵人
他帶著鹿和兔還有鳥
回家時，
是否還會回去森林？

問拳王泰森
他以250公斤拳力
擊倒男子漢的臉，
是否還能打敗老化？

問富人
吸雪茄喝干邑白蘭地
有六十位女傭服侍，
是否能隨身帶一位女傭埋入墳墓？

問總統
用枴杖在街上打飢餓嘴巴
請問「古斯多夫」著名問題：

女人被強暴後
還會真心相待嗎？

問大家
請關門，坐在床緣
慎思自問，物理學第一個問題：
星際間是否留有地方，
讓我們能夠不靠地板跳躍
順利著陸？

尤瑟夫 · 阿宙嘎
Youssef Rzouga

　　尤瑟夫 · 阿宙嘎（Youssef Rzouga），詩人兼記者，目前擔任突尼西亞新聞報（*La Presse Tunisienne*）主編，為突尼西亞主要法文報紙之一；世界詩人運動組織阿拉伯語區副會長，以阿拉伯文和法文大量詩作聞名，出版詩集有阿拉伯文本《以我的悲傷為著》（1978年）、《不均勻部門的語言》（1982年）、《羅斯計劃》（1984年）、《旅遊星盤》（1986年）、《狼有最後的話說》（1998年）、《雙手間的國家》（2000年）、《歷史上的二氧化物花朵》（2001年）、《警覺聲明》（2002年）、《全集：第一卷》（2003年）、《瑜伽納：一本瑜伽詩集》（2004年）、《蝴蝶和炸藥》（2004年）、《原爆

點》（Kamel Riahi導讀，2005年）、《遠離安達盧西亞灰塵》（2006年）、《離開認識論後的心靈補綴》（2006年）、《全集：第二卷》（2007年）；法文本《蜘蛛之子》（2005年）、《*Yotalia*》（與Héra Vox合著，2005年）、《詩101首》（與Héra Vox合著，2005年）、《法國花園》（2005年）、《地球的早期覺醒》（2007年）、《奧斯陸弗里茲：愛德華蒙克的最後尖叫》（未出版）。

藍色基調的天空
A Sky with Blue Motifs

那不僅僅是友情
那是愛情
那不僅僅是愛情
那是燃燒的火焰
那不僅僅是燃燒的火焰
那是祈禱
那不僅僅是祈禱
那是眩暈
那不僅僅是眩暈
那是涅槃
那不僅僅是涅槃
那是昇華
那不僅僅是昇華
那是彩虹
你是
隱性的第七色
我可以給你
藍色基調的
天空嗎？

一點點巧克力
A Little Bit of Chocolate

我寫了又刪

好無趣呀

同樣群島

有同樣的人

有同樣1492年以來錯失的熱情

我寫了又刪

好無趣呀

視線失落在地平線

留下全部泥濘的世界

我寫了又刪

身為世界詩人

我想像無殘渣無煙霧的另外世界

我需要可放在口袋裡的另外星球

可以在十個小時內徒步走完

我需要盡量聞到簡單生活的另外香味

隨時陪伴女人陶醉於親善和烏托邦

身為詩人……

我需要另外星球，呈蛋形

人可以在上面睡覺

半睜開眼睛

心整夜一直跳動

身為白色非洲和藍色地中海的詩人

我必須把這醜陋世界用詩美化

把我的話變成鳥

不用翅膀可以高飛

使每天都是新春

我寫了又刪

刪了又寫

身為北非詩人

我需要人少的另外星球

還要一點點巧克力

消除這庸俗世界的苦澀

我刪了又寫

我保持沉默，一而再

想像另一位大無畏詩人

代替我，能夠有一番作為

我失去格拉納達及其周遭
I Lost Granada and its Surroundings

我失去一切

我心靈的瞪羚

我的妻

前程

具有某些意義的機會

我不在乎

我失去她

失去格拉納達

及其周遭

我失去一切

甚至事情及其意義

我失去玫瑰香味

我失去可能發瘋的機會，成為自己

去愛

或不愛

你在我身邊的時候

有些怪事傾注到我身上

我不想再活下去

快要哭了
我抵抗
我抵抗
我抵抗
感到心思不寧時
我叫喊
我不再存在
我哭
我哭
我哭
整個星球崩潰
撤入我心中
只剩愛倫坡的烏鴉
一直在我內心叫嚷
我失去一切
失去重要東西：
像鳥一般快樂
生活快樂的可能性

我失去有一天成為
未來共和國總統的抱負
我失去一切
甚至引導自己的前程
到底明天我有什麼前程？

雅蜜娜·賽伊德
Amina Saïd

　　雅蜜娜·賽伊德（Amina Saïd），很早就開始寫法文詩，在巴黎索邦大學完成語言和文學學業後，在突尼斯教法國文學，然後遷往巴黎定居。出版18本詩集和兩本短篇小說集。榮獲《南方》（*Sud*）雜誌Jean Malrieu獎、法國文學協會Charles Vildrac獎，和Antonio Viccaro國際詩獎。詩發表在許多詩刊、詩選，以及選集和學報。詩譯成各種語文，包含西班牙文和英文。詩選集由美國詩人瑪麗蓮·哈克（Marilyn Hacker）翻譯並序，出版英法雙語本《世界現在時態：2000～2009詩選》（2011年）。新近出版詩集包括《七兄弟墓》（*Tombeau pour sept frères*）、《亞丁季節》（*Les Saisons d'Aden*）、《太陽黑體》（*Le Corps noir du*

soleil）、《盲市中的明眼人，給卡桑德拉的17首詩》

（*Clairvoyante dans la ville des aveugles, dix-sept poems pour Cassandre*）和《鬧鬼的早晨紀年》（*Chronique des matins hantés*）。法譯菲律賓筆會創會會員著名作家F. Sionil José七本英文小說和短篇小說集。推動許多寫作工作坊，並擔任詩獎競賽評審委員，應邀參加過若干國際詩歌節和文學集會，詩也被幾位作曲家譜過曲。

我是小孩自由自在
I am a child and free

生活在永恆星期天
太陽歇息在地平線上
事事都清晰透澈
地球在思考其季節
我無處也無家可容身
生活無所不在

祖母從屋頂貯水槽抽水
澆灌薄荷和羅勒
研磨鹽和香料
賺取與現實世界日常戰鬥的代價
微風鼓起窗簾上的條紋
燈仍然明亮
我玩到超出圖像範圍

在我父親的花園裡
樹木結出舊時的果實
用鳥語說悄悄話

井水在犁溝裡唱歌
在我腳步下出現沙路
時值我天真的歲月
純粹早年不分前後

從砌成船一般的小屋
我讓自己流入藍色情緒中
海馬芭蕾舞掠過
墜落的星星
海膽在岩石上綻放
海藻在我手腕上閃亮
只有那一刻生命受到我注視

我是小孩自由自在
無處也無家可容身
如果全世界是一首詩
天空是多麼浩瀚
那是地球上廣闊的日光

尚未創造出夜晚時
我隨時都有立足之地

世界是一本巨著
The world was a giant book

新的日子在其中徘徊
亮麗花園是為玩賞砌造

每天都感覺光線像是
在對太陽唱頌歌

大海在寧靜海岸搖籃
為小小石灰石花卉
用泡沫雕刻詩節

我們眺望地平線
遠遠對我們微笑時
纖細心靈融入風景裡

從小我常說一種語言
但不會寫

天空打出雲彩小牌
季節改變果實
晨禱聲音在呼喚

穿上我們的藍色襯衫
我們渴望知識
輪流背誦兩種字母

我正在繪樹、葉和風
橄欖樹、葡萄藤、燦爛石榴
我的問題正是詩

世界是一本巨著
新的日子在其中徘徊
充滿活力的旋律
呼喚晚禱

萬物都還沒有名字
但我們守住每位成年人
都會忽視的一些祕密

不要回來——提醒所有外國人的話
Do not return - a word of caution to all foreigners

我們街道裝備武器
於此我們的臉在火光中
人類縱大火，燒樹木
以及收成
這個國家與我們不同
我們幾乎無言
偏愛海的野性吟唱
讓我們更接近珍珠般地平線

外國人說——融混之時
我正在尋找自己
搜尋你的時候，我邂逅自己
在沉默的花園裡
我碰見自己

不要回來——對鳥提醒的話
我們檢查過地球地圖

於此我們介於混凝土牆

和通往不知何處的道路之間

這地球與我們不同

我們幾乎無言

偏愛與守護天使交往

鳥回答說——地平線已經退到夕陽

樹枝即將再度開花

地球將熄滅其短暫的火災

不要回來——提醒守護天使的話

我們堅持古代意象

因為現時與我們不同

我們幾乎無言

偏愛現在的謠傳

心的密語

我們偏愛接觸無名的東西

費惕・薩習
Fethi Sassi

　　費惕・薩習（Fethi Sassi），散文詩、短詩和俳句作家。突尼西亞作家聯盟、蘇塞文化中心文學俱樂部會員。出版五本詩集：《愛的種子》（*A Seed of Love,* 2010）、《夢……我在羽球上簽最後的字》（*Dream...and I sign on Birds the Last Words,* 2013）、《天空給怪鳥》（*A Sky for a Strange Bird,* 2016）、《像椅子上的孤獨玫瑰》（*As a Lonely Rose on a Chair,* 2017）、《我曾經把臉掛在門後》（*I used to Hang my Face Behind the Door,* 2018）。阿拉伯文詩原作譯成法文和英文，有《詩對影子》（*Poems to the Shadows,* 2017）、《阿芙羅狄蒂頌》（*Ode to Aphrodite,* 2018）、《天空給怪鳥》（*Ciel pour un*

oiseau étranger, 2018）、《上帝默對獅子的咆哮》
（*God's Silence a Lion's Roar*, 2018）、《翅膀和蝴蝶》（*Wings and Butterflies*, 2018）、《我把星星扔在酒杯裡》（*I Throw a Star in a Wine Glass,* 2018）、《這宇宙全都是我心愛的唯一面孔》（*All this Universe is the Only the Face of my Beloved*, 2018）。身為阿拉伯文譯者，供稿給若干國際詩歌計畫。

就在花瓶上方
Just above the vase

我要跟你談些事，
在我家裡……
不，不是在廚房
不一定在另一個房間。
但正好就在客廳，
在花瓶上方一點點，
有釘子，我每夜把夢掛在那裡，
但我不是詩人……他把詩掛在傷口上。
釘子在花瓶上方。
我也可以跟你談其他事，
關於你是否願意為失踪的人禱告……
或關於我鄰居穿著……
或在樹洞內嘆息……
但誰會相信我……
我強迫手指掛在客廳的釘子上時
竟忘了花瓶下方的傷口。

小螞蟻
A small ant

隨著時間過去，我不再渴望。
因為我是壞脾氣的男人
什麼都不想要。
但我確實有奇怪幻想，與他人不同，
像立刻要與宇宙間所有女人睡覺，
或者與螞蟻一起睡覺。
確實……一隻小螞蟻，
我會在清晨蟻穴前引誘她，
我會進入她的臥室，細心布置小屋，
一起幫忙把麵包屑帶進廚房。
她只要優雅，又有柔軟辮子
喜歡詩和熱情夜晚。
她在我床下玩時，會刺激我，
把我沮喪的話帶到最近的詩裡。
與我共眠度過我不可能的夢。

我沒有地址
I have no address

要是電話在我的房間裡響，無人會聽到，
因為我沒有手機，也沒有電郵帳戶。
你甚至不會聽到我的聲音來自遙遠的星系。
當然你明白我是懸在彩虹上的生物，
在那裡，我會從雲剝削我的夢。
你可能會問……
郵差，他也許認識我，
或者他也許記得名字像我……
但我確定他找不到我，
因為我沒有地址……
我非常接近雲，在剝削風。

阿美德 · 查巴
Ahmed Zaabar

　　阿美德 · 查巴（Ahmed Zaabar），詩人、作家和媒體專家，倫敦阿拉伯俱樂部執行委員會委員和媒體委員會主席。曾任職於Al Araby、Alghad Alaraby、ANN TV、Al Lualua TV和Alhiwar等多家阿拉伯語頻道，製作文化和政治節目，有Fajr Al Hurria、Minbar al Lualua、Hadeeth Khas、Taqdeer Mawkif、Diwan Al Arab、Fushat Fikr和Fi Riwaya Okhra等。英國阿拉伯文化論壇文化委員會前主席。出版兩本詩集《奪愛》（*Toffeh Almahabba,* 2019）和《我的兄弟》（*Ana Alakhar,* 2019），目前準備出版西班牙譯本的詩集。詩主要圍繞三個主題：情詩、民族認同，以及存在和不存在的問題。在多種阿拉伯報章雜誌發表詩和評

論文章。詩獲選入詩選集《鹽界》（*Salt Boundaries,* 2017，西班牙）。參加過摩洛哥、突尼斯、義大利、西班牙、古巴、墨西哥等國舉辦的國際詩歌節。1984年獲突尼西亞Sidi Bouzid青年作家節短篇小說首獎。

不該忘的原罪
A sin we should not forget

我們不該忘的原罪
為了說實話
我們……殺掉
躺在沙灘上的小男孩

那男孩
被祖國弄得如此疲憊
心靈如此虛弱
身體如此無力
身心俱疲
海沒有把他丟到岸上……但
伊利安的拼寫法
鑄在我們全體身上
石油、瓦斯和國王……以及祖國

等待這位和那位調解歧見
對你說實話
伊利安並非意外死亡
伊利安並非命中該死

他並非因海的鹽分而死
但
他的殺手是
痛苦至極的祖國

我們活著
因為死亡是我們的原罪
我們不追求目標
如果我們活著，是巧合
如果我們該死，應是海貝

我們有祖國
我們自豪加以擁抱
毫不後悔明說
彷彿是屍體被丟在
沙灘上有如貝殼一般

我們有祖國
只為了死亡和亡靈

變得愈來愈大
還有恐嚇人類的神
還有揚鞭的牧師
在麥加^{*1}和納傑夫^{*2}之間
一邊朗誦殺戮經文
一邊閱讀反叛章節

伊利安死了
人類已經墮落
統治者和蘇丹萬歲

小伊利安
真的死啦
還是我的良心？

[*1] 麥加（Makkah），位於沙烏地阿拉伯
的城市，伊斯蘭教第一大聖城。
[*2] 納傑夫（Najaf），位於伊拉克南部幼發
拉底河河岸，伊斯蘭教什葉派聖城。

我們熱愛生命
We love life

我們熱愛生命
生命是情書
有目的

我們熱愛生命
因為生命不是牢籠
我們也不是猛禽
我們不是待說的故事
也不是小說
我們
是正在尋求綻放，尋求祕密的感覺
我們不是往日的剩餘物
也不是對文字和文本的詮釋

我們是走過的途徑
我們在此地是因為我們只有「此地」
因為我們是自己所創造的生命
因為我們是自己所發現的生命

因為美源自生命之美
我們不是過去和亡靈的奴隸
我們不是博物館裡的雕像
絕對不是像博物館的蠟製品
我們是生命……生命的足跡
我們是目標的途徑

我們熱愛生命
生命是情書
我們是訊息
不是為某神而戰的軍人
創造神又把祂燒掉
在這裡那裡到處流血
不論有沒有獲准
就揭露最卑鄙的自私
你們每次禱告都意味打仗
你們造成的每次分裂都令人作嘔
我們熱愛生命

生命是情書
有目的

突尼西亞
Tunisia

在這裡我們夢想充滿愉快
在這裡我們日子表示希望
在這裡我們文件潔白
在這裡語言是親吻

在這裡對立相互吸引和擁抱
在這裡夢想閃爍和舞蹈
在這裡女性代表整個世界
不是那失蹤的一半

在這裡語言有玫瑰的味道
用沉默優雅表露情意
在這裡我們的呼吸馥郁
在這裡以愛為家
愛這裡的人享受人生
感到嫉妒的人則生活無趣

在這裡男女平等
人人賦有自己的魅力
若有人突變成玫瑰
則他人會成為其芳香

這裡是突尼西亞，這裡在革命
在這裡女性是光明的燈塔
在這裡陰暗心思全然是恥辱

這裡的光線浸泡在淨水裡
在這裡革命正在曬太陽
如果世界陷入黑暗
突尼西亞應該是熾熱的餘燼

在這裡玫瑰有權
玫瑰的權利受到讚揚
如果玫瑰想要做夢
我們突尼西亞就是夢

關於編者
About the Compiler

　　柯迪佳・嘉德霍姆（Khédija Gadhoum）博士是突尼西亞裔美國詩人和翻譯家。獲俄亥俄州立大學當代拉丁美洲文學文化碩士和博士學位。出版詩集《精雕花格窗》（*celosíasen celo*, 2013，西班牙Torremozas出版社）和《海的遠方。門》（*más allá del mar. bibenes*, 2016，Luis Correa-Díaz博士導讀，西班牙Cuadernos del Laberinto出版社），後者將在羅馬出版義大利文譯本。與李魁賢合作編譯有《台灣心聲——當代台灣詩選》西、漢、英三語本，由台灣駐西班牙台北經濟文化辦事處柯森耀大使寫序（西班牙Cuadernos del Laberinto出版社，2017年），和《白茉莉日誌——突尼西亞當代詩選》，由賀迪・博勞威寫序（台灣秀威出版，

2020年）。

詩發表的出版物，包括*Afro-Hispanic Review, Negritud: Journal of Afro-Latin American Studies, Ámbitos Feministas, The South Carolina Modern Language Review, Dos Orillas: El Estrecho de Gibraltar-Frontera Literaria, Feministas Unidas, Inc., Humanismo Solidario: Poesía y compromiso en la sociedad contemporánea, ÆREA: Revista Hispanoamericana de Poesía,* UGA *JoLLE@UGA: Journal of Language and Literacy Education, Taos Journal of Poetry, Şiirden dergisi Poetry Magazine, ViceVersa Magazine, Luz Cultural - Espacio Poético, California Quarterly, Vallejo & Co., LIGEIA: Revista de Literatura, Conexiuni Literare: Revistă trimestrială de literatură*。詩獲選入下列選集：*Me gusta la Navidad: Antología de poesía navideña contemporánea, Antología Voces del vino, Antología Poeta en Nueva York: Poetas de Tierra y Luna,* the Anthology *Palestine: A Conscious Poetic Offering,* Antología *Abuelas y Madres de Plaza de Mayo, The Current: International Poetry Anthology*，最近學術研究發表於《說西班牙語的墨西哥裔美國人語境中的無力感：批判和藝術觀點》（*Disability in Spanish-speaking and U.S. Chicano Contexts: Critical and Artistic Perspectives*）

曾入圍第25屆新詩之聲決賽（西班牙Torremozas

出版社，2012年），獲第46屆國際敘事詩國際大賽榮
譽獎（阿根廷拉丁美洲文化研究所，2015年）。曾參
加美國、拉丁美洲、歐洲、台灣和突尼西亞詩歌節。
詩被譯成英語、台灣普通話、葡萄牙語、土耳其語、
羅馬尼亞語和義大利語。目前是美國喬治亞州雅典市
喬治亞大學資深學術專家、西班牙教師主管和西班牙
留學顧問。

關於譯者
About the Translator

　　李魁賢，1937年生，1953年開始發表詩作，曾任台灣筆會會長，國家文化藝術基金會董事長。現任國際作家藝術家協會理事、世界詩人運動組織副會長、福爾摩莎國際詩歌節策畫。詩被譯成各種語文在日本、韓國、加拿大、紐西蘭、荷蘭、南斯拉夫、羅馬尼亞、印度、希臘、美國、西班牙、巴西、蒙古、俄羅斯、立陶宛、古巴、智利、尼加拉瓜、孟加拉、馬其頓、土耳其、波蘭、塞爾維亞、葡萄牙、馬來西亞、義大利、墨西哥、摩洛哥等國發表。

　　出版著作包括《李魁賢詩集》全6冊、《李魁賢文集》全10冊、《李魁賢譯詩集》全8冊、翻譯《歐洲經典詩選》全25冊、《名流詩叢》38冊、李魁賢回憶錄

《人生拼圖》和《我的新世紀詩路》，及其他共二百餘本。英譯詩集有《愛是我的信仰》、《溫柔的美感》、《島與島之間》、《黃昏時刻》、《存在或不存在》和《感應》。詩集《黃昏時刻》被譯成英文、蒙古文、俄羅斯文、羅馬尼亞文、西班牙文、法文、韓文、孟加拉文、塞爾維亞文、阿爾巴尼亞文、土耳其文，以及有待出版的馬其頓文、德文、阿拉伯文等。

　　曾獲韓國亞洲詩人貢獻獎、榮後台灣詩獎、賴和文學獎、行政院文化獎、印度麥氏學會詩人獎、吳三連獎新詩獎、台灣新文學貢獻獎、蒙古文化基金會文化名人獎牌和詩人獎章、蒙古建國八百週年成吉思汗金牌、成吉思汗大學金質獎章和蒙古作家聯盟推廣蒙古文學貢獻獎、真理大學台灣文學家牛津獎、韓國高麗文學獎、孟加拉卡塔克文學獎、馬其頓奈姆・弗拉謝里文學獎、秘魯特里爾塞金獎和金幟獎、台灣國家文藝獎、印度普立哲書商首席傑出詩獎、蒙特內哥羅（黑山）共和國文學翻譯協會文學翻譯獎、塞爾維亞國際卓越詩藝一級騎士獎。

語言文學類　PG2405　名流詩叢37

白茉莉日誌──突尼西亞當代詩選
Diaries of White Jasmines──Anthology of
Contemporary Tunisian Poetry

編　　選/柯迪佳‧嘉德霍姆（Khédija Gadhoum）
譯　　者/李魁賢（Lee Kuei-shien）
責任編輯/林昕平、陳彥儒
圖文排版/周妤靜
封面設計/王嵩賀

發 行 人/宋政坤
法律顧問/毛國樑　律師
出版發行/秀威資訊科技股份有限公司
　　　　　114台北市內湖區瑞光路76巷65號1樓
　　　　　電話：+886-2-2796-3638　傳真：+886-2-2796-1377
　　　　　http://www.showwe.com.tw
劃撥帳號/19563868　戶名：秀威資訊科技股份有限公司
　　　　　讀者服務信箱：service@showwe.com.tw
展售門市/國家書店（松江門市）
　　　　　104台北市中山區松江路209號1樓
　　　　　電話：+886-2-2518-0207　傳真：+886-2-2518-0778
網路訂購/秀威網路書店：https://store.showwe.tw
　　　　　國家網路書店：https://www.govbooks.com.tw

2020年9月　BOD一版
定價：250元
版權所有　翻印必究
本書如有缺頁、破損或裝訂錯誤，請寄回更換

國家圖書館出版品預行編目

白茉莉日誌：突尼西亞當代詩選 / 柯迪佳.嘉德霍姆
(Khédija Gadhoum)編；李魁賢譯. -- 一版. -- 臺北市：
秀威資訊科技, 2020.09
　　面；　公分. -- (語言文學類)(名流詩叢；37)
　BOD版
　譯自：Diaries of White Jasmines：anthology of
contemporary Tunisian poetry
　ISBN 978-986-326-819-2(平裝)

886.7451　　　　　　　　　　　　　109006747

讀者回函卡

感謝您購買本書，為提升服務品質，請填妥以下資料，將讀者回函卡直接寄回或傳真本公司，收到您的寶貴意見後，我們會收藏記錄及檢討，謝謝！
如您需要了解本公司最新出版書目、購書優惠或企劃活動，歡迎您上網查詢或下載相關資料：http:// www.showwe.com.tw

您購買的書名：＿＿＿＿＿＿＿＿＿＿＿＿＿＿＿＿＿＿＿＿＿＿＿＿

出生日期：＿＿＿＿＿年＿＿＿＿＿月＿＿＿＿＿日

學歷：□高中 (含) 以下　　□大專　　□研究所 (含) 以上

職業：□製造業　□金融業　□資訊業　□軍警　□傳播業　□自由業
　　　□服務業　□公務員　□教職　　□學生　□家管　　□其它＿＿＿＿

購書地點：□網路書店　□實體書店　□書展　□郵購　□贈閱　□其他

您從何得知本書的消息？

　□網路書店　□實體書店　□網路搜尋　□電子報　□書訊　□雜誌
　□傳播媒體　□親友推薦　□網站推薦　□部落格　□其他＿＿＿＿＿＿

您對本書的評價：(請填代號　1.非常滿意　2.滿意　3.尚可　4.再改進)

　封面設計＿＿＿　版面編排＿＿＿　內容＿＿＿　文／譯筆＿＿＿　價格＿＿＿

讀完書後您覺得：

　□很有收穫　□有收穫　□收穫不多　□沒收穫

對我們的建議：＿＿＿＿＿＿＿＿＿＿＿＿＿＿＿＿＿＿＿＿＿＿＿＿

＿＿＿＿＿＿＿＿＿＿＿＿＿＿＿＿＿＿＿＿＿＿＿＿＿＿＿＿＿＿＿＿

＿＿＿＿＿＿＿＿＿＿＿＿＿＿＿＿＿＿＿＿＿＿＿＿＿＿＿＿＿＿＿＿

＿＿＿＿＿＿＿＿＿＿＿＿＿＿＿＿＿＿＿＿＿＿＿＿＿＿＿＿＿＿＿＿

11466
台北市內湖區瑞光路 76 巷 65 號 1 樓

秀威資訊科技股份有限公司　　　收

BOD 數位出版事業部

··

（請沿線對折寄回，謝謝！）

姓　　名：＿＿＿＿＿＿＿＿＿　　年齡：＿＿＿＿　　性別：□女　□男

郵遞區號：□□□□□

地　　址：＿＿＿＿＿＿＿＿＿＿＿＿＿＿＿＿＿＿＿＿＿

聯絡電話：(日)＿＿＿＿＿＿＿＿＿　(夜)＿＿＿＿＿＿＿＿＿

E-mail：＿＿＿＿＿＿＿＿＿＿＿＿＿＿＿＿＿＿＿＿＿